천국의 하루

人
人 사실편시선 028

신현수 시집

천국의 하루

2019년 2월 25일 제1판 제1쇄 발행

지은이　　신현수
펴낸이　　강봉구

펴낸곳　　작은숲출판사
등록번호　제406-2013 000081호
주소　　　10880 경기도 파주시 신촌로 21-30(신촌동)
전화　　　070-4062-8560
팩스　　　0505-499-8560
홈페이지　http://cafe.daum.net/littlef2010
이메일　　littlef2010@daum.net

ⓒ 신현수

ISBN 979-11-6035-062-3 03810
값은 뒤표지에 있습니다.

천국의 하루

신현수 시집

작은숲

| 시인의 말 |

평생에 걸친 내 시의 주제는 '사랑'과 '혁명'과 '학교'였다. 그런데 시집을 내기 위해 지난 5년 동안 쓴 시를 정리하다가 깜짝 놀랐다. 교육시가 단 한 편도 없었다. 그만 학교를 떠날 때가 된 것일까? 또한 이제는 사랑과 혁명을 말하기에는 나도 나이를 너무 많이 먹었다. 그럼에도 아직 말이 너무 많다. 써 놓은 시를 반으로 줄였지만 여전히 사설이 너무 길고 시 곳곳에 덕지덕지 사족이 흉하게 매달려 있다. 모두 내 욕심 때문일 것이다. 내 말은 도대체 언제 간결해지려는지. 내 삶에서 어떤 일이 일어날지 미리 알았더라면 나는 이렇게 살지 않았을까? 그럼에도 불구하고, 당신들은 알 것이다. 내가 당신들을 얼마나 고마워하고 있는지, 당신들을 얼마나 사랑하는지.

2018년 겨울
인천에서 신현수

| 차례 |

제2부

제1부

나, 아버지

오늘도 아이들은 자고 있다
애들 엄마만 일어나
딱 15분쯤 마주앉는다
나는 식빵을 먹고
애들 엄마는 밥을 먹는다
아이들 얘기를 하거나
조간신문에 나온 기사를 소재로
몇 마디 이야기를 주고받다
가방을 메고 현관으로 나온다
허리를 숙여 신발을 신다가 문득
이제 그만 가고 싶다는 생각이 든다
지금 내 나이보다도 더 일찍 돌아가신
내 아버지도
오늘 나처럼 신발 신기 싫었을까?
눈이 오나 비가 오나
신촌에서 부평역까지 버스도 안 타고

평생 걸어 다닌 아버지도
오늘 나처럼 문득 그만 가고 싶었을까?
내가 안 가면 우리 가족은 어떻게 되는가
나와 내 가족의 안온함은
이 아침 나의 비장함에서 비롯되는 것인가
이 아침 나는 누구인가
나, 아버지

어느 날 미사에서

'서로 평화의 인사를 나누십시오'
신부님이 서로 평화의 인사를 나누라고 해서,
옆자리에 있던 애들 엄마와
마주보고 고개를 숙이며,
'평화를 빕니다'
인사를 나누는데,
애들 엄마의 평생의 비평화는
대부분 나로부터 비롯된 것 아닌가?
이제부터라도
'제가 평화를 드리겠습니다'라고,
인사해야 하지 않나?

장인의 추억

그날, 교장이 불러 교장실에 내려가니
뜬금없이 장인이 앉아 계셨다
교육장이 같은 종씨라며
그 먼 대전에서 대천까지 일부러 만나러 왔다가
급기야 내가 근무하는 학교까지 방문한 것이었다
교육장과 고등학교는 행정적으로
아무 관계도 없다는 걸 알 리 없는 장인어른은
당신이 교육장과 같은 임씨이니
나를 잘 봐주라고
교장에게 무언의 압력을 행사하려고 찾아온 것인지
살아계실 적 물어보지 않아 나는 모른다
그 연세의 어른들이 그렇듯
풍천 임씨니 진주 임가니 따지는 게
장인 삶의 가장 중요한 일이었고
진주 임씨 중 현재 누가 무슨 자리에 있는지 찾아보는 게
장인 삶의 가장 큰 낙이었다

그러거나 말거나
나는 얼마 후 학교에서 쫓겨났다
느닷없이 교장실을 찾아 온 일 말고는
도대체 장인과의 사이에 떠오르는 추억이 없다
모처럼 처가에 가면
장인과 큰아이와 알까기를 하던 장면,
작은아이의 이름을 지어준 일,
또 뭐가 있나?
다소 복잡한 개인사에,
60년대, 자동차는 구경도 못하던 시절부터
접차를 타고 다녔던 영광 이후로
살면서 계속 기울어만가는 당신의 처지가
안쓰러웠던 어느 이른 봄날 새벽
느닷없이 교장실에 찾아온 것처럼
장인은 느닷없이 화장실에서 쓰러져
다시는 못 일어났고

그때 난 해직교사였다

일 년에 한 번씩

장인의 묘 앞에 겨우 찾아오는 사위가

교육장은 그만두고

교장, 교감이라도 됐다면

지하의 장인께서 흐뭇해하실까?

생각해보니 아마도 나의 해직도

장인을 쓰러뜨린 중요한 이유 중 하나였을 것

장인이 느꼈을 놀람과 배신감과 상실감이

이제야 어렴풋이 이해가 가는 건,

느닷없는 교장실 방문이

아, 장인의 사위 사랑 방식이었다는 걸

깨달으며 눈물 흘리는 건

아마도 지금의 내가 장인의 그 나이쯤 먹어서인가

아무런 죄책감도 없이

일주일에 적어도 하루 정도는,
아무도 만나지 않고,
아무 말도 하지 않고,
아무 것도 쓰지 않고,
아무 것도 읽지 않고,
아무 생각도 하지 않으면서,
그저 숨이나 쉬면서,
그저 산에나 오르면서,
새들의 웃음소리나 들으면서,
초록 색깔도 얼마나 다양한지 바라보면서,
배나무 꽃 사진 찍느라 해찰도 부리면서,
바보처럼 멍청하게 살았으면 참 좋겠어
아무런 죄책감도 없이……

추석 부근

어머니는 송편을 쪄야 한다며
앞산에 가서 솔잎을 따오라고 하셨다
친구들과 앞산에 간 나는
신나게 놀다가
앞산에 왜 왔는지 잊어버리고
빈손으로 집으로 돌아왔다
그날 집집마다 다니며
옷을 팔러 다니는 아줌마는
아줌마만한 옷 보따리를 머리에 이고
우리 집에 왔다
어머니는 추석빔으로 내게 감색바지를 사줬다
곧 키가 클 거라며 내 다리보다 훨씬 긴
바지를 고르셨다
바짓단을 두 번이나 접고 입어야 했고,
아무리 기다려도 크라는 키는 크지 않아
난 땅에 끌리는 바지만 타박했다

긴 바지를 입고 골목길에서
아이들과 자치기를 했다
난 자치기를 비롯해 잘 할 줄 아는 게 하나도 없어서
늘 깍두기였다
50년도 넘는 까마득한 세월 저편에
끼워준 것만도 고마워
긴 바지를 입고
다소곳이 두 손 모으고 서 있는 내가 보인다
육십의 추석이다

너에게 말한다

식의주는 삶에서 가장 기본적이고 중요한 일이며
그러므로 식의주는 네 스스로의 힘으로 해결해야 한다고
나는 그동안 네게 여러 번 말했다
그런데 너는 지금까지 육십이 넘도록
말만 앞세우고 하나도 실천하지 않았다
특히, 식
그동안 나는 네게 여러 번의 기회를 주었는데도
여전히 네 식의주를 다른 사람의 힘을 빌려 해결해왔다
특히, 식
네가 여전히 정신을 못 차리므로
이번에는 네 가족의 몸을 아프게 하는
가슴 아픈 방법으로 네게 깨달음을 주려고 한다
만일 이번 기회도 놓친다면
너는 앞으로 남은 평생을
기생충 또는 거머리로 살게 될 것이다

벗나무

벗나무는 한 생을 살면서
무려 세 번이나 자신을 뽐낸다,
한 번은 봄꽃으로,
또 한 번은 가을단풍으로,
마지막 한 번은
늦가을 낙엽으로
내 한 생은 세 번은커녕,
봄꽃으로 피지도 못하고,
가을 단풍으로 물들지도 못하고,
늦가을 과감하게 버리지도 못하고,
제 몸에서 스스로 떨어져 나오지도 못하고
땅 위로 자신을 내던지지도 못하고
그저 떨어지지 않으려고
안간힘을 다해 대롱대롱
매달려 있구나

돌이킬 수 없는, 봄

돌이킬 수 없는, 봄
선포산 연리지에도
개성공단 로만손시계 개성공장에도
개성 선죽교에도
금강산 만폭동에도
평양 순안공항에도
평양 고려호텔에도
백두산 베개봉호텔에도
묘향산 보현사 대웅전 앞뜰에도
어김없이 찾아온, 봄
그러나 새싹 올라올 때까지는
조바심내지 말고
조금만 더 참고 기다려야 하는, 봄
그 누구도 돌이킬 수 없는, 봄

선포산 온도계

누가 나무 위에 매달아 놓았나
산 속의 온도계
누군가의 신혼집
집들이 선물이었을
낡은 온도계
그들 부부의 사랑으로
방안의 온도가 얼마나 올라갔는지
매일 매일 확인해 보았을
사랑의 온도계
내 사랑은
이 세상의 온도를 얼마니 올려 놓았나
내 사랑은 이 세상을
얼마나 따뜻하게 만들었나

오도송

비오는 날 부산 용궁사 앞에서
젖은 바닥에 엎드려
온 몸으로 비를 맞고 있는 그분을 만났네
뭐라고 말했지만 잘 들리지는 않았네
혹시, 절을 도와주지 말고 저를 도와주세요?
그 분께 약간 적선을 하며 결심했네
아예 잔돈을 준비해 갖고 다녀야겠다
그분들을 만나면 먼저 다가가 드려야겠다
아마 내 평생 만나는 분들께 모두 드려도
다 합쳐봐야 몇 십만 원일 것
고작 몇 십만 원으로 얻는
평생의 마음의 평화

은퇴 연습

삶은 고작
강 저쪽에서
강 이쪽으로 건너와
처음에는 누웠다가
간신히 일어섰다가
조금, 똑바로 걷다가
곧 구부정하게 걷다가
다시 누웠다가
다시 강 저쪽으로 건너가는 것이다
따져 보면 삶은 고작
일어섰다기
다시 눕는 것이다
그대여!
당신은 이 세상에 무슨 미련이
그리 많이 남아 있는가?

천국의 하루

아주 느지막이 일어나
세수도 안 하고
소파에 비스듬히 기대 앉아
창문을 통해 들어오는 따뜻한 햇볕을 쬐며
'걸어서 세계 속으로'를 보고
아침 겸 점심을 먹은 후,
동네 산에 올라
적당하게 땀을 흘린 후,
편의점에 들어가 천삼백 원 주고 산
바나나우유로 목을 축인 후,
동네 목욕탕에 오천 오백 원 주고 들어가
뜨거운 물에 몸을 담그고
한증막에 들어가
기분 좋게 땀을 흘린 후,
천 원 주고 구운 계란 두 알을 사먹은 후,
제과점에 가서 어머니 드릴 카스텔라를

삼천 원 주고 산 후,
어머니 좋아하는
'도전 골든 벨'을 같이 보았다

나는 개의 자식입니다. 1

열 사람에게 2백2십만 원씩

무려 백년이나 월급을 줄 수 있는

상상하기도 어려운 돈이 들어간 '4대강 사업'은

결국 온 나라 큰 강들을

녹조와 큰빗이끼벌레가 창궐하고

바닥이 썩어가는 커다란 웅덩이로 만들어 놓고야 말았

습니다

물고기가 살 수 없고 공업용수로도 사용할 수 없습니다

앞으로도 밑 빠진 독처럼

관리비만 년 4천5백억씩 쏟아 부어야 하고,

8조 원에 이른다는 수자원공사의 빚도

결국 국민들의 세금으로 갚아야 합니다

'한반도 대운하'의 허황된 꿈을 꾼 그는

70%가 넘는 국민 반대를 무릅쓰고

소위 '4대강 살리기 프로젝트'라는 이름으로

온 국토를 제멋대로 유린하였습니다

수심 6m를 확보하느라 모래와 자갈을 사정없이 파헤
쳤고
　　강을 틀어막는 보를 16개나 설치해 물그릇을 만들었습
니다
　　퇴임을 앞두고는
　　'운하는 내가 국회의원일 때 처음 제안했던 것인데
　　대통령이 돼서 내 손으로 이제 거의 다 해 놨다'고 자랑
스럽게 말했습니다
　　그때는 아무 말도 못하고 있다가
　　2014년 7월,
　　이제 와서 이런 애기를 떠드는
　　나는 개의 자식입니다

나는 개의 자식입니다. 2

생각해보니 이렇게 전교조 얘기를 해 보는 게
참으로 오랜만입니다
가장 최근에 쓴 전교조 얘기가
지금으로부터 벌써 5년 전
인천교사신문에 전교조 인천지부 창립 20주년을 기념
해서 쓴
'아아, 우리 아니라면 누가 다시 시작한다는 말인가?'라
는 시인데
사실 그 시는 병구와 성희가 지부장과 사무처장으로 일
할 때
학교까지 쫓아와 통사정하는 바람에
억지로 쓴 시였으므로
자발적이라 할 수는 없으니,
언제인지 기억도 가물가물합니다
전교조는 89년에 생겼으니
지금 내가 가르치는 아이들은 말할 것도 없고

아이들의 부모나 겨우 전교조를 알 듯 말 듯한
까마득히 오래 된 일입니다
전교조가 생길 무렵에야 태어난 선생과
동료교사이기도 하니까요
10년을 비합법으로 살았고 15년을 합법으로 살았으니
무려 25년이나 지났는데
느닷없이
법 밖으로 쫓겨났습니다
그 이유는 해직조합원 아홉 명을 품었기 때문입니다
무릇 전 세계 모든 노동조합 활동의 제1과 제1장은
해고자 복직입니다
조합 활동을 하다 본 희생을
조합원들이 품어주지 않는다면
원상회복 때까지 끝까지 함께 싸워주지 않는다면
어느 누가 노동조합 활동을 하겠습니까?
그런 이유로 법 밖으로 나가야 한다면

백 번 천 번 법 밖으로 나가야 합니다
전임자 72명 중 한 명인
내 대학후배인 인천지부장 홍순이가
끝내 학교로 돌아오지 않는다면
그는 해직교사가 될 것이고
무려 내 25년 해직교사 후배가 되는 것입니다
하필 이런 때 지부장을 하고 있는
홍순이가 운이 없는 걸까요?
더 웃기는 일은,
나는 우리나라 민주화에 이바지했다는 공을 인정받은
민주화운동 유공자입니다
그런데 같은 나라에서 같은 일로
어느 때는 민주화 유공자라고 증서를 주고
어느 때는 법 밖으로 나가라고 하니
참으로 웃기는 일입니다
웃기는 일은 또 있습니다

바야흐로 수십 명의 해직교사가 생기려는 때
지철이 형과 교진이 형과 청연이 형 등은
전교조 지부장 경력을 국민들에게 인정받아
충남과 세종과 인천의 교육감이 되었습니다
사실, 옛날에는 목숨 걸고 다니던
전국교사대회에 가본 지도 꽤 오래 됐습니다
무슨 무슨 선언이나 서명에도 슬슬 빠질 때가 많습니다
때로는 정책과 방침이 마음에 안 들어
조합비를 내고 싶지 않은 적도 많았습니다
그래도 조합은 머릿수가 중요하다는 유치한 생각으로
25년째 나이롱 조합원을 하고 있습니다
법 밖으로 쫓아내는 것도 모자라
만일 89년처럼
'탈퇴하지 않으면 해직시키겠다'고 하면
어떻게 해야 할까요?
해직시키기 전에 잽싸게 명퇴할까요?

친구들은 이미 많이 떠났거든요
해직교사, 이제 못합니다
내일 모레면 나이가 육십입니다
만일 학교 밖으로 나가라고 하면 이제 못 나갑니다
못 나가는 가장 중요한 이유는
……

연금입니다
나는 개의 자식입니다

나는 개의 자식입니다. 3

그해도 월드컵이 열린 해였습니다
그날은 인천에서 포르투갈과 경기가 열린 날이었습니다
박지성의 가슴 트래핑에 이은 논스톱 슛에
온 나라가 열광하며 대~한민국을 외치던 날이었습니다
그날이었습니다
효순이와 미선이가
미군의 장갑차에 깔려 비명횡사한 날이
너무 분해
시인이랍시고 욕설 섞인 시를 썼고
그 일로 곡절 많은 필화를 겪었습니다
보통 사람은 평생 한 번도 가보기 어려운 곳도
여러 번 들락거렸습니다
공교롭게도 올해도 월드컵이 열리는 해이고
이번에는 두 명이 아니라 삼백여 명 넘게,
미군이 아니라 우리나라의 어른들에게
아이들이 죽임을 당했습니다

그런데도 나는 그 죽임의 얘기를 아직
시로 쓰지 못하고 있습니다
아직도 못 쓰는 이유가
만일 그때의 일이 떠올라서라면
더 이상 귀찮은 일에 연루되기 싫어서라면
일말의 두려움 때문이라면
나는 더 이상 시인도 아무 것도 아닙니다
나는 그냥 개의 자식입니다

희미한 옛 세월의 그림자. 9
– 진학독서실

까까머리 중고등학생 시절
거의 6년을 다닌
부평극장 옆 진학독서실은
이상하게 공부하던 생각은 하나도 나지 않고,
엄마가 싸준
총각무 반찬에
밥 위에 계란 프라이를 얹은
도시락을 까먹거나,
몰래 쌀막걸리를 사다 마시거나,
(내가 원하던 대학에 합격하지 못한 것은
고딩 시절 막 나온 쌀막걸리 때문이라고
나는 확신하고 있다)
잠깐 자고 일어나겠다고
엎드려 자다가
벌떡 일어나 보니

이미 다음날 날이 밝아
등교시간에 늦었거나,
담배 피우는 친구들을
부러운 눈으로 바라보거나,
아주 더운
어느 여름 날,
진학독서실 밑에서 만난 그녀가
내가 건넨 차가운 바나나우유를
이마에 난 땀을 손으로 닦아가며
상기한 얼굴로 받아들던,
생각만 난다

희미한 옛 세월의 그림자. 10

– 퍼스트 오브 메이

30년만의 꿈을 이룬

재홍아우의 첫, 단독, 콘서트에서

재홍의 30년도 넘는 친구 재상아우가 영상으로 보낸

비지스의 퍼스트 오브 메이를 듣는데

전혀 이름도 도무지 얼굴도

생각나지 않는

6학년 그 누나가 뜬금없이 떠올랐는지 모르겠다

초등학교 4학년 때

배드민턴 선수 선발대회에서 처음 만났던 누나

내게 유니폼을 입혀줬던 누나

유니폼이 내 엉덩이까지 덮어서 매우 안타까워했던 누나

나는 후보로 누나는 선수로 대회에 나갔을 때

옷과 가방을 내가 지켜줬던 누나

쉬는 시간에 땀을 뻘뻘 흘리며

내가 떠다준 물을 마셨던 누나

대회가 끝나고

식당에 가서 밥을 먹을 때
나를 옆자리에 앉혔던 누나
잘 생각 안 나지만
어쨌든 희고
도시적으로 예뻤던 누나
아마도, 나를 좋아했었던 누나
우리들의
퍼스트 오브 메이

눈 먼 사랑

'눈 먼 사랑'에서
'눈 먼'이란 말은
사실은
쓸데없는 말이다
눈도 멀지 않은 사랑을
어찌 사랑이라 하겠느냐
사랑하는 이 때문에
귀먹지 않은 사랑을
어찌 사랑이라 하겠느냐
기막히지 않은 사랑을
어찌 사랑이라 하겠느냐
사랑은
내 몸뚱이의 온갖 감각이
모두 죽었다가
사랑하는 이만을 향해 온전히 다시 살아나는 것
그리하여

네게 다시 사랑이 찾아오거든

눈도 멀고

귀도 먹고

코도 막히고

기도 막힌 사랑을 하거라

네 사랑의 끝을

묻지 말아라

사랑의 끝을 미리 따져 묻는 사랑을

어찌 사랑이라 하겠느냐

사랑은 왜 늘

- 우리는 사랑하는 사람과 절대 헤어져서는 안 된다 오랜
헤어짐 뒤 우리가 마주하게 되는 것은 전혀 다른 사람일 것
이기 때문이다 〈장 르누아르〉

사랑은 왜 늘

앙상한 겨울나무의 마지막 남은 한 점 잎인가?

사랑은 왜 늘

억새 흔드는 바람인가?

사랑은 왜 늘

붕붕붕 하늘을 떠다니는가?

사랑은 왜 늘

지하철에서 서성이는가?

사랑은 왜 늘

지하철 플랫폼 노란선 밖에서 망설이는가?

사랑은 왜 늘

에스컬레이터 한 계단 아래에 있는가?

사랑은 왜 늘

낯선 커피숍 허공에서 떠도는가?

사랑은 왜 늘

버스 창문 너머에서 바라보고 있는가?

사랑은 왜 늘
내 몸 어디에 신열과 함께 숨어 있다가
사랑은 왜 늘
참고 또 참는 숨죽인 소리인가?
사랑은 왜 늘
느닷없이 찾아오는 고통인가?
사랑은 왜 늘
숨 못 쉬게 하는가?
사랑은 왜 늘
시작도 끝도 없는가?
사랑은 왜 늘
광장으로 찾아오는가?
그리하여
사랑과 혁명은 왜 늘
함께 오는가?

선포산의 사랑

당신을 기다리다
나의 절정은
다 지나갔다
난 이제
오지 않는 당신을 기다리며
시나브로 시들어 갈 것이다

우리의 사랑도 그러하리라

저 낙엽은 제 집을 떠나

땅 위에 굴러도

견디는구나

우리의 사랑도 그러하리라

저 낙엽은 지나가는 사람들과

산새와 다람쥐가

아무리 짓밟아도

견디는구나

우리의 사랑도 그러하리라

저 낙엽은 바람이

제 몸을 이리로 저리로 구르게 하여도

견디는구나

우리의 사랑도 그러하리라

저 낙엽은 서리가 볼을 때려도

견디는구나

우리의 사랑도 그러하리라

저 낙엽은 새벽에 내린 차가운 눈발이
제 몸을 얼게 하여도
견디는구나
우리의 사랑도 그러하리라
저 낙엽은 그 어떤 상황도
끝내 견디는구나
우리의 사랑도 그러하리라
그 어떤 시련과 고통이 와도
참고 견디는구나
우리의 사랑도 그러하리라
저 낙엽은 영혼과 가슴으로
참고 견디며 이겨나가는구나
우리의 사랑도 그러하리라

우루무치의 사랑

오래 전에 헤어진 그녀를
우루무치에서 만났다
여기에 어쩐 일이냐고 물었더니
그냥 살러 왔다며 쓸쓸히 웃었다
그동안 잘 지냈느냐고 물었더니
그럭저럭 견디고 있다며
당신은 어떻게 지냈느냐며,
내게 되물었다
나도 그럭저럭 잘 지내고 있다고 말했다
오래 전에 헤어진 그녀를
완전히 잊고 지낸 적은 없었으나
그렇다고
늘 그녀 생각만 하고 살아온 것은 아니었다
그녀를 사랑한 시간보다
훨씬 더 많은 시간이 흘러갔어도
살면서 문득 문득 그녀가 생각나는 것은

그녀보다 내가 더 많이
그녀를 사랑했기 때문일까
이제 우루무치에서 그녀와 헤어지면
언제 다시 그녀를 만날 수 있을까
이승에서 다시 그녀를 만난다는 일이
의미 있는 일일까?
나는 그녀에게
다시 우루무치에 올 수 없을 것 같다고,
잘 지냈으면 좋겠다고,
말했다

바이칼의 사랑

당신이 여기에 없는데
노을 물든 바이칼 호수 따위가
대체 무슨 소용이란 말인가?
당신이 이곳에 있다면
노을 물든 바이칼 호수 따위가
대체 무슨 소용이란 말인가?

바이칼의 파도와
바이칼의 구름과
바이칼의 노을과
끝내,
이루지 못한
당신과 나의 사랑

칠흑 같은 밤
하늘에서 호박만한 별들이

바이칼 호수 위로
수직으로 뛰어들고
나도 저 별들을 따라
수직으로 뛰어들고 싶었던
당신 없는 바이칼의 밤

* 1연은 터키 시인 메블라나 루미의 '봄의 정원으로 오라' 차용

이르쿠츠크의 사랑

– 마리아 볼콘스카야에게

그대여 못난 나에 대해
내게 책임을 묻지 마라
나를 이토록 못나게 만든
하느님께 책임을 물어라
사랑하지 않아야 할 그대를
사랑하고
그리워하지 말아야 할 그대를
그리워하며
보고 싶어 하면 안 되는 그대를
보고 싶어 하는 건
사실은 내 책임이 아니라
이렇게 못난 나로 만든
하느님의 책임이다
그러니 그대여
그냥 사랑하게 하라
그냥 그리워하게 하라

그냥 보고 싶어 하게 내버려두라

그대를 사랑하다 지치고

그대를 그리워하다 지치고

그대를 보고 싶어 하다 지치면

그냥 나 홀로 잠들게 내버려두라

내가 그대를 향한 사랑에

눈 멀 때도

내가 그대를 보고 싶어 하다

눈이 짓물렀을 때도

내가 끝내 그리움의 슬픔을 이기지 못해

고통에 몸을 떨 때도

나를 그냥 내버려두라

내가 못난 것에 대해

못난 내게 책임을 묻지 마라

나를 이토록 못나게 만든

하느님께 책임을 물어라

라오스의 사랑

길을 잃어버렸을 때
지금 내가 걸어가고 있는 이 길이
무슨 길인지 전혀 몰랐을 때
지금 내가 서 있는 이곳이
어디인지 전혀 몰랐을 때
사랑마저 날 버리고 떠났을 때
버리고 간 사랑을 찾아 헤맸을 때
잠시 되찾았던 사랑을
다시 잃어버렸을 때
그래서 눈물 흘렸을 때
길 저 앞에서 기적처럼
내 사랑이 나타나준다면
사랑이 제발 내 앞에
다시 나타나준다면
정말 좋겠다고 생각했을 때
메콩 강 위로 비는 내렸을 때

그나마 폭우가 아니라
천만다행이었을 때
잠시 길 위에 서서
메콩 강을 바라보며
대체 사랑은 왜 내게 왔다가
나를 버리고 떠났을까
생각할 때
잃어버린 사랑을 찾을 수 있을까
생각할 때
아, 사랑이 뭔지 몰랐을 때

루앙프라방의 사랑

1.

오늘도 난
당신을 만나러 갔다가
당신을 만나지 못하고
홀로 울며 돌아왔다
애써 찾았으나
끝내 당신은 보이지 않았다
구름 뒤에 가려져 있었나
산 뒤에 숨어 있었나
나 모르는 다른 곳으로
이사를 갔나
왜 내게 당신은 보이지 않나
왜 내게 당신을 보여주지 않나

2.

난 늘 그 자리에 있었다
내가 있는 이 자리에서
난 한 번도 자리를 옮긴 적이 없다
그러니 울지 말아라
구름이 가려서 보이지 않았는지
생각해 봐라
산이 막혀서 보이지 않았는지
생각해봐라
이이처럼 더 이상 울지 말아라
구름이 물러날 때까지 참고 기다려라
네 힘으로 허위허위
산을 걸어 넘어라

하바롭스크의 사랑
– 그대에게 가는 길

그대에게 가는 길은

언제나 멀고 낯설어

낯선 역 이름들을 지나다 보면

낯선 얼굴들을 지나다 보면

그대에게 가는 길은

언제나 멀고 낯설어

낯선 숨결들을 지나다 보면

낯선 공기를 지나다 보면

그대에게 가는 길은

언제나 멀고 낯설어

낯선 소리들을 지나다 보면

낯선 말들을 듣다보면

그대에게 가는 길은

모든 게 낯설어

그대 앞에 당도하였을 때

내 사랑 그대마저도

낯설게 되었네

방갈로의 사랑

한 계절 시를 쓰지 않았다
사랑하느라 한 계절 시를 쓰지 않았다
한 계절 책을 읽지 않았다
사랑하느라 한 계절 책을 읽지 않았다
한 계절 산에 오르지 않았다
사랑하느라 한 계절 산에 오르지 않았다
이렇게 한 계절 시도 안 쓰고
이렇게 한 계절 책도 안 읽고
이렇게 한 계절 산에도 오르지 않은 일은
예전엔 좀처럼 없는 일이었다
이렇게 시도 안 쓰고
이렇게 책도 안 읽고
이렇게 산에도 안 가고 살아도 되는 건가, 생각하니
시를 쓰는 건 사실은 더 잘 사랑하기 위해 쓰는 것
책을 읽는 건 사실은 더 잘 사랑하기 위해 읽는 것
산에 오르는 건 사실은 더 잘 사랑하기 위해 가는 것

난 이미 잘 사랑하고 있으므로

이제 더 이상 시도, 책도, 산도 필요 없는 것 아닐까

두고 온 방갈로 아이들을 추억하느라

한 계절 시를 쓰지 않았다

광장에 나가느라

한 계절 책을 읽지 않았다

세상을 사랑하느라

한 계절 산에 오르지 않았다

빠이의 사랑

산에 올라와
따뜻한 봄이 오기를 기다렸던,
몹시 추웠던 날들이
그리 오래 전 일이 아니듯
숨 막힐 듯한 무더위도
이제 곧 지나갈 것이다
하늘 아래 영원한 건 없다
그대의 삶도 그러할 것이다
어제의 그대도 오늘의 그대가 아니며
내일의 그대도 오늘의 그대가 아니다
오늘이 지나가면
그대도, 그대가 사랑했던 그 사람도
이미 이 세상에 없는 것이다
오늘 사랑하지 않는다면
그대도, 그대가 사랑했던 그 사람도
이미 이 세상에 없는 것이다

그러니, 그대여!
대체 무얼 망설이는가?

치앙마이의 사랑

치앙마이의 산은 저녁과 아침이 전혀 다르지만
같은 아침이라도 똑같지 않다
바람과 햇볕과 구름 때문이다
바람, 햇볕, 구름,
모두 내가 어찌할 수 없는 것들이다
세상에서 도대체 내 힘으로 변화시킬 수 있는 게 뭐가
있나?
나는 아무 것도 아니다
그러므로 나는 다만 치앙마이에서
기다리고,
기도하고,
나누고,
사랑할 뿐이다

제2부

내가 외면하면 이 세상은 아무 것도 바뀌지 않는다는 걸 나도 잘 알고 있지만
- 금속노조 쌍용차지부 정비지회장 문기주 선생

인천시민문화공동체 '문화바람'의 최경숙 등

마음은 쌍용차노동자들과 늘 함께 했지만

평택에 못 갔던 인천사람들이 모여

뭐라도 한번 해보자는 취지로 준비했다는

쌍용자동차 해고노동자 이창근, 김정욱 응원 콘서트

'굴뚝으로 보내는 편지'에 온

금속노조 쌍용차지부 정비지회장 문기주선생과 인사를 나눴지만

미안해서 그의 눈을 똑바로 쳐다볼 수는 없었다

무려 26명이 사망했고,

30여 명의 해고자들이 6년 동안 안 해본 일이 없다는

쌍용차 문제가 빨리 해결 돼서

이창근, 김정욱 선생이 무사히 굴뚝에서 내려왔으면 좋겠다고 생각은 했지만

그들의 바람처럼 출근하고, 퇴근하고, 동료들과 술 한 잔 하고,

가족들과 여행 다니는 날이 빨리 오면

참 좋겠다고 생각은 했지만

그들이 그렇게 될 수 있도록 내가 한 일은 아무 것도 없

었다

내가 외면하면 이 세상은 아무 것도 바뀌지 않는다는 걸

나도 잘 알고 있지만

내 외면으로 해결 되는 것은 아무 것도 없다는 걸

나도 잘 알고 있지만

내가 그분들을 조금은 피하고 산 건

내가 그분들을 조금은 외면하고 산 건

그분들과 공감하기 싫어서가 아니라,

그분들과 공감하기 시작하면

내 두 발 쭉 뻗은 따뜻한 잠자리와

내 편안한 일상을

도저히 견딜 수 없기 때문이었다

우리, 무지몽매하게 순결하였을 때 *

김영춘 시인이 전북부안지회에서 일할 때
지회 사무실에 놀러갔었다
전북대에서 있었던 '참교육실현을 위한 시와 노래의 밤'
행사를 마치고 난 다음날이었던가?
아니면 교육문예창작회 연수를 마치고 나서였던가?
채석강이었나?
곰소였나?
쭈꾸미회를 안주로 소주를 마구 마셨다
소주는 잘도 넘어갔다
낮술을 잔뜩 처먹고
부안 근처의 바다와 숲길을 하염없이 걸었다
바다에서 바람이 불어왔고,
숲 사이로 햇볕이 쏟아졌다
학교에서 잘렸으므로 우리는 돈이 없었고,
학교에서 잘렸으므로 우리는 시간은 많았다
걷다가 깔깔대고 웃었다

그러다가 끝내 울었던가?

그 시절,

우리, 고통스러웠지만

그러나 또한,

무지몽매하게 순결하던 시절이었다

* 김영춘의 시 「옛집에 눕다」 중에서

아, 팽목항에서

우리들의 민낯과 치부와 거짓이 발가벗겨진
4 · 16 세월호 사건이 일어난 지
세 달이나 지나서
나는 팽목항으로 갔네
시청 앞 대한문 앞에서 팽목항으로 떠나는
'기다림의 버스'를 탔네
여름휴가를 떠나는 행렬로 휴게소는 인산인해인데
온 가족과 함께 휴가를 떠나는
보통 사람들의 소박한 꿈을
세월호 유가족들은 이제 영영 잃어버렸네
여섯 시간을 달려 도착한 진도는
바람이 거세게 불고
마치 그날을 기억하듯 처연히 비가 내렸네
유가족들의 얼굴을 바로 쳐다보는 일조차 송구했네
동생과 여섯 살짜리 조카를 기다리고 있는 권승국 선생,
남편을 기다리고 있는 양승진 선생의 부인,

무슨 말이 그분들께 위로가 되겠는가

말이란 얼마나 허망한가

팽목항은 칠흑 같은 어둠에 싸여

아무 것도 보이지 않았네

그 많던 천막들은 모두 치워지고

바람은 서있을 수도 없게

사정없이 몰아쳤네

아직도 바다에서 돌아오지 못한 분들의 이름

양승진 사회선생님~

고창석 체육선생님~

2학년 1반 조은화 학생~

2학년 2반 허다윤 학생~

2학년 3반 황지현 학생~

2학년 6반 남현철 학생~

2학년 6반 박영인 학생~

51세 이영숙씨~

52세 권재근씨~

6세 권혁기아기~

아직도 바다에서 돌아오지 못한 열 분의 이름을

밤 열두시에 간절히 불렀네

저 차디찬, 시커먼 바다 속에서

하루 빨리 가족의 품으로 돌아오라고

밤 열두 시에 간절히 불렀네

사고가 일어난 지 벌써 반 년

사고 이후 달라진 게 아무 것도 없는데

사고 이후 해결 된 게 아무 것도 없는데

이 사건이 왜 일어났는지

수습 과정에 무슨 문제가 있었는지,

이런 사고가 앞으로 다시 일어나지 않을 수 있는지

아무 것도 아는 게 없는데

세상은 이제 그만하라고 하네

한국 전쟁 이후 가장 커다란 사건이 일어났는데
세상은 이제 그만하라고 하네
삼백 네 개의 우주가 날아가 버렸는데
세상은 이제 그만두라고 하네

1반 열아홉 명
2반 열한 명
3반 여덟 명
4반 아홉 명
5반 아홉 명
6반 열세 명
7반 한 명
8반 두 명
9반 두 명
10반 한 명
세월호에서 살아 돌아온 아이들

2학년 7반은 단 한 명
2학년 8반은 단 두 명
2학년 9반은 단 두 명
2학년 10반은 단 한 명
세월호에서 살아 돌아온 아이들

지금은 그만할 시간이 아니라
끝까지 기다리겠다고
다짐할 시간
지금은 그만둘 시간이 아니라
끝까지 함께 하겠다고
다짐할 시간

정무 엄마

내가 잘못한 건 없지만,
황당하기도 하고
창피하기도 해서
아직 아무에게도,
심지어 애들 엄마에게도
말하지 않은 일이 있다
야자 감독을 마치고
밤 10시 무렵 퇴근을 하던 어느 날
아파트 입구를 지나가는데
SUV자동차가 왼쪽으로 꺾어 들어오더니
막무가내로 오른쪽 발등을 타고 올랐다
나는 바닥에 나동그라졌고
차 주인이 차에서 내렸다
술 냄새가 났고
아마도 나를 못 본 모양이었다
일어나 걸어보니 다행히 걸을 만해서

어떻게 할까 잠시 고민하다가
명함만 한 장 받고 그냥 보냈다
다음날 자고 일어나니
이곳저곳 쑤시기는 했지만
약간 절뚝이며 출근은 했다
경찰에 신고해야 했을까?
병원에 가자고 해야 했을까?
내 행위도 용서에 속할까?
사실 사고 순간 가장 먼저 떠오른 건
경찰이나 병원이 아니라
내일과 이번 주와 이번 달에 해야 할
수많은 일들이었다
마치 일 중독자처럼
그 후로 차만 보며 무서워
먼저 슬슬 피하게 됐고
길을 건널 때마다 몇 번이고 좌우를 돌아봤다

차에 치어 쓰러진 입구를 지날 때마다
여전히 발등이 아팠다
고작 발등을 타넘은 것 때문에
자동차가 이리 두려운데
지난 봄날 생때같은 자식이
시커먼 바닷물 속으로 서서히 빠져죽는 걸
두 눈 뜨고 하루 종일 지켜볼 수밖에 없었던
정무 엄마는,
아, 평생을 어찌 살아갈까?

노근리에서 묻는다

노근리에서 묻는다
나라는 무엇인가
다시, 노근리에 와서 묻는다
국가는 무엇인가?
1950년 7월 25일부터 29일까지
충북 영동군 황간면 노근리에서 벌어진 미군들에 의한
만행
미군은 철교 쌍굴 다리 밑으로 피난민을 몰아넣은 뒤
무차별 폭격을 가했다
5백여 명의 민간인 중 475명이
미군의 기총소사에 목숨을 잃었다
우발적 발포가 아니라
"어떤 피난민도 전선을 넘게 하지마라"
"피난민을 적으로 대하라"라는
미군상부의 명령에 의한 의도됐던 사건이었다
"미군이 마을을 비우라더니

피란길 민간인들에게 폭격을 가했어
그날은 더웠어
뙤약볕이 말도 못했어
7월 23일 미군들이 와서 마을을 비우라고 했어
25일 저녁때 다시 와 피란시켜 준다며
주민들을 모두 내몰았어
이불 하나 달랑 지고 피란길에 올랐어
이튿날 정오 미군 비행기 2대가 폭격했어
할머니, 형, 동생이 한꺼번에 죽었어
쌍굴에서 아이를 분만한 어느 엄마는
아이에게 젖을 물린 뒤 총상으로 숨졌어
아이가 계속 울어 미군 총질이 계속됐어
결국 아이를 다리 밖으로 내놓을 수밖에 없었어
7월말만 되면 동네에는 제사가 이어져
'떼제사'인 셈이지
7월은 잔인해

아직도 7월은 너무 무서워"
사건이 일어난 1950년 당시부터 지금까지
육십 여년의 세월이 지나도록
단 한순간도 그때의 분노와 한을 잊어본 적이 없다
아무런 이유도 없이,
왜 죽어야 하는 지도 모른 채 죽어야 했던 그 고통,
우방국의 군인들에 의해 죄도 없이 죽어간 형제, 친지
들을
땅에 묻어야 했던 그 아픔을
결코 잊을 수 없다

그러나 노근리 사건을 세상에 알린 건
우리 정부도 우리 언론도 아니었다
1999년 AP 통신의 최상훈, 찰스 헨리, 마사 멘도자 기
자였다
노근리 사건을 세상에 알린 건

정은용, 양해찬 선생을 비롯한 그때 살아남은 당시 피
해자였다
피해자들의 피나는 노력과
외국 언론의 도움으로
겨우 노근리 특별법이 제정됐지만
희생자 명예회복 차원에서
사망 150명,
행방불명 13명,
후유 장애 63명
유족 2240명이 심사 결정됐지만,
미군이 저지른 사건이라는 이유로
노근리 사건 희생자와 유족에 대한 배, 보상은
아직도 이루어지지 않고
정부는 여전히 발을 빼고 있다
2011년 어렵게 노근리 평화공원이 조성됐지만
유족들에 대해서는 아직까지

그 어떤 배, 보상도 이뤄지지 않고 있다

전쟁은 끝났지만

유족들의 전쟁 같은 삶은

아직도 끝나지 않았다

미국은 이 땅에서 계획적이고 조직적으로 만행을 저질렀다

BBC방송은 다큐 "Kill them All(다죽여버려)"에서

1950년 한국전쟁 당시 미국은

노근리 뿐만 아니라

경북 포항, 경남 마산 등 한반도 수 십여 곳에서

양민학살을 자행했다고 말했다

그리고 이러한 학살은 결코 우발적인 사고가 아니라

'상부의 체계적인 명령에 의한

조직적이고 계획적인 학살 만행'임을 폭로했다

충북 단양 51년 1월 20일, 미군기 폭격, 300여명,

경남사천 50년 7월 29, 31일, 미군기 사격, 250여명 사망,

전남 여수 50년 8월 2, 3일 미군기 사격, 150여명 사망,
경북 포항 50년 7월 19일, 미군함 포격, 100여명 사망
'Kill them All'
미국이 한국전쟁에 참가한 미군들에게 내린 명령
모두 죽여 버려
남북 가릴 것 없이 사그리 죽여 버려
'Kill them All'
2016년 오늘
다시, 노근리에 와서 묻는다
나라는 무엇인가?
다시, 노근리에 와서 묻는다
국가는 무엇인가?

여수행 KTX에 오르는 이들이여

오동도 붉은 동백꽃

아름다운 여수 밤바다를 보기 위해

여수행 KTX에 오르는 이들이여

내 말 좀 들어보게

여수는 제주처럼 고운 물, 푸른 바다 아름다운 곳이지만

여수도 제주 43처럼 가슴 아픈 곳이라네

1948년 10월 19일 밤

여수 신월리에 주둔하고 있던

국방경비대 제14연대 소속 군인들이

제주도 4 · 3사건 진압출동을 거부한 사건이 있었다네

사람들은 그걸

여순반란사건이라고도 부르고

여수14연대반란사건이라고도 부르고

여순군란이라고도 부르고

여순봉기라고도 부르고

여순항쟁이라고도 부르고

여수·순천사건이라고도 부르고
여수·순천 10·19사건이라고도 부르고
그냥 여순사건이라고도 부른다네
1948년 당시 이승만 정권은
510 총선을 반대하며 벌어진
제주 43 사건을 진압하기 위해
여수 신월리 14연대 군인들에게
제주도민 30만 명을 초토화하라는 명령을 내렸다네
동포를 학살하라는 부당한 명령을
따를 수 없다고 봉기한
40여명의 좌익계 군인들의 행동은
반란으로 간주되었고
많은 진압 군인들이 투입되었다네
여수 시내를 불태웠고
반란군 색출과정에서
수많은 무고한 시민들이 학살당했다네

심지어 농사일을 하지 않는 사람처럼
손이 곱고 얼굴이 희고 눈빛이 빛난다고
빨갱이라고 단정하여
죽임을 당하기도 했다네
당시 무려 약 만 명 이상이 희생당했다네
해방정국의 소용돌이 속에서
좌익과 우익의 대립으로 빚어진
민족사의 비극인 여순사건을 계기로
이승만 정부는 국가보안법을 제정하고
강력한 반공국가를 구축하였다네
그 후 여수 순천 사람들은
단지 그쪽 출신이라는 이유로
얼마나 많은 불이익과 핍박을 당했는지 모른다네
이유야 어쨌든 동족끼리 죽이고 죽은
참혹한 일은
우리 현대사의 커다란 비극이 아닐 수 없다네

어떤 이들은 아직도
군인들의 '반란'이라고 말하고
어떤 이들은 같은 동포인
제주도민들을 학살하라는 명령을 거부한 건
정당한 저항이며
따라서 항쟁으로 불러야 마땅하다고 말한다네
어떤 이들은 역사의 '정명'은 반드시 필요하지만
우선 기억하고 치유해서
상생하자고 말한다네
'여순'은 여전히
'반란'과 '항쟁' 사이를 오가고 있다네
무려 125명을 처형하고 묻어 불태운 형제묘 비석은
아직 핏빛 울음이 선연하고
만성리 골짜기 희생자 위령비 비문은
말줄임표, 여섯 개의 점으로 대신하고 있다네
여순에 대한 '정명'은 앞으로

시간이 조금 더 필요할지 모른다네
'여순'을 속 깊이 들여다보는 일은
이제 비로소 시작이라네
여기까지 오는데 무려 70년이나 걸렸다네
이제 여수에 가는 이들이여!
여수에 가기 전에
한번쯤 '여순'을 들여다보고 가게
이제 여수에 가는 이들이여!
여수에 가거든
한번쯤 만성리 골짜기, 형제묘
들렀다 오게

평양의 히철아! 잘 있느냐?

평양과 백두산과 묘향산을 안내해 주던
평양의 히철아! 잘 있느냐?
대동강에서 배를 타고 간 만경대에서
"신 선생! 여기 위생소가 어디야?"
평양 인민이 평양에 처음 온 남쪽 시민에게
위생소가 어디냐고 물어 나를 당황하게 했던
평양의 히철아! 잘 있느냐?
백두산 갔다 오던 날,
고려호텔로 돌아오는 버스 속에서
"신 선생! 여기 어디쯤 왔어?"
졸다 일어나 물어 또다시 나를 당황하게 했던
평양의 히철아! 잘 있느냐?
순안공항에서 헤어질 때
내게 눈물을 보이지 않으려고
일부러 사람들 뒤로 숨었던
평양의 히철아! 잘 있느냐?

고작 일주일 함께 지냈지만

나를 평양에서 오래 같이 살아온

선배나 형쯤으로 생각했던

평양의 히철아! 잘 있느냐?

피도 섞이지 않은 네가 이렇게 보고 싶은데,

고작 일주일 맺은 인연도

고작 17년 세월도 이렇게 그리운데,

배 아파 낳은 아들과 딸

한 피를 나눈 형제와 자매는 얼마나 더 그리움에 사무

치겠느냐?

두 살 때 헤어진 아들을 북쪽에 둔

남쪽의 할아버지가 살아온 그동안의 70년 세월은

사람이 살아온 세월이었겠느냐?

북쪽의 두 딸과 떨어져 사는 남쪽의 엄마

남쪽의 큰오빠와 떨어져 사는 북쪽의 두 여동생

북쪽의 동생과 떨어져 사는 남쪽의 언니

남쪽의 형과 떨어져 사는 북쪽의 동생
무려 5만 6천여 명이 넘는 가족들이
남과 북으로 떨어져 사는 한반도는,
통일되기 전 한반도는,
부끄러워 고개조차 들 수 없는
미개한 나라 아니겠느냐?

경동이, 한국현대사

이라크 파병, 광우병 쇠고기, 평택 대추리에서
기륭전자, 콜트 콜텍, 용산 참사, 4대강에서,
쌍용차, 한진중공업 희망버스, 현대차 비정규직, 유성
기업에서,
역사교과서 국정화, 밀양, 강정에서,
스타 케미컬, 삼척 동양시멘트, 싸드 성주에서,
구둣발에 짓밟히고
갈비뼈가 부러지고
포클레인 위에서 떨어져 발목이 부러졌던 경동이
2014년 4월 16일 세월호 시작부터
2015년 4월 16일 세월호 1주기까지
일 년 동안에만 경찰과 검찰로부터 무려 13건의 소환장
을 받았던 경동이
진정한 시인은
어떤 경계나 위협, 억압에도 굴하지 않고
끝까지 자유를 말하는 것이라는 것을 잊지 않았던 경

동이

　차마 두 눈 뜨고 볼 수 없었던 목불인견의 시대를

　시인 중 다만 한 명이라도 앞장서 건넜으므로

　나처럼 구경만 하던 시인들을 조금은 덜 부끄럽게 만
든 경동이

　그래서 지하에 계신 남주 형님이

　아마도 가장 마음에 들어 하는 후배시인이었을 경동이

　지금은 '파인텍 고공농성'장에서 동조단식하고 있는 경
동이,

　경동이, 한국현대사

2018년의 성탄절

- "오늘날은 가난한 이들에 대해 이야기하는 것이 유행하고 있습니다. 그런데 불행히도 가난한 이들과 이야기하는 것은 별로 유행하고 있지 않습니다." - 마더 테레사

1.

예수님!
만일 당신이
오늘 이 땅에 다시 오신다면,
용균이 어머니 손을 꼭 붙잡고,
파인텍 농성장 굴뚝 밑으로 가서
함께 울었겠지요?

2.

아마도 그랬겠지.
그런데 너는 왜 못하니?

착한 사람, 승희

영화 '섬마을 선생'에서
섬처녀로 나온 문희가
섬을 떠나는 선생을 눈물로 배웅한 장소였다는
'문희 소나무' 밑에서
인천의 막걸리 소성주를 마신다
마음이 아름다운 섬, 대이작도에 와서
승희가 사시랭이, 쑥 등을 직접 캐서 만든 봄나물전과
지난 밤 먹다 남은 김치로 만든 김치전을 안주로
인천의 막걸리 소성주를 마신다
인천사람과문화 회원들 모여 대이작도 섬 여행하는 날 밤
제 돈으로 밀가루와 기름을 사오더니
남들은 술을 마시는데 승희 혼자 정성껏 봄나물 전을
만들더니
다음 날 일어나 지난 밤 먹다 남은 김치로 만든 김치전
을 만든다
조용하고 좀처럼 앞에 나서기 싫어하는 성격인 승희
대학 시절 총학생회장을 지냈다는 게

도무지 믿기 어려운 승희
어떻게 주먹을 불끈 쥐고 어떻게 연설을 했는지
몹시 궁금한 승희
성격상 기자가 맞지 않을 것 같은 승희
시사인천이 부평신문이던 시절부터 고생한 승희
십수 년 동안
취재 지시하랴, 직접 기사 쓰랴, 직원 월급 마련하랴
일요일도 쉬지도 못하고 일한 승희
머리가 하얘지고 머리카락이 빠지도록 일한 승희
편집국장이 필요하면 편집국장을 하고
사장을 구하지 못 하면 사장을 하고
사장이 새로 오니 편집국장을 하고
편집국장이 새로 오니 논설실장을 하고
그래도 자기는 마음 편해서 좋다는 승희
마음이 아름다운 사람, 승희
착한 사람, 승희

7만 2천원

- 안순호에게

후배들과 마신 술값 내가 냈다고 자랑하려는 거 절대
아니다
후배들과 마신 술 값 내는 일
평생, 내가 해온 일이다
그런데 오늘,
콜트 콜텍 싸움 3천일 되는 날,
콜트 친구들 3천명 모여
문화 행사한 날,
3천일 동안 한뎃잠 잔,
방종운 위원장 얼굴이라도 보기 위해
종로 2가 보신각에 온 날,
광화문으로 옮겨 와서,
세월호 집회 한 날,
대학 후배 채은이 소개로 만난,
지난 일 년 동안이나
광화문 세월호서명대에서

서명 받는 일을 해온

노란 머플러를 쓴 어머니들 모임,

자랑스러운 대학 후배,

안순호를 처음 만난 날,

단원고 2학년 3반 담임,

대학후배,

26살 김초원 선생이 살린

13명의 제자들의 평생 담임을

초원이의 아버님,

김성욱 선생이 하기로 했다는 얘기를 듣고

아, 우리 삶은 이렇게 계속되는 거구나,

눈물 흘린 날,

종로 뒷골목에서 뒤풀이 한 날,

막걸리와 소맥을 마신 날,

카드 안 되는데?

아, 그래요?

얼마죠?

7만 2천원

주머니를 뒤져보니

현금 딱, 7만 2천원

신기하게

딱, 7만 2천원

비 내리는 밤 대학로는 슬프다

- 민중가수 이수진에게

비 내리는 대학로에 두 여자를 버려두고
나만 살겠다고 지하철 막차를 타고 서울역으로 와
인천 오는 삼화고속을 탔다
전날 종수가 대표로 있는
'문화를 생각하는 사람들' 10주년 기념공연 갔다가
신촌에서 택시 타고 새벽에 내려왔는데
연이틀 택시를 타는 게 나 스스로에게 민망하여
전철은 끊긴지 오래고
버스라도 타보려고
큰 맘 먹고, 나 먼저 일어났다
'화순'에 출연한 옥형, 수진, 수진,
배우 세 명과 공연 끝나고 뒤풀이를 하는데
'해방인 줄 알았더니 그놈이 그놈이더라'는
'해방꾼인줄 알았더니 훼방꾼이더라'는
스탠딩 뮤지컬 '화순'의 주제도 슬프지만,
전화요금을 아껴보겠다고 별정요금제에 가입했더니,
일본 공연 갔을 때 로밍도 어렵더라는 민중가수 수진이,

'교육 연극' 가르치러 중학교로 알바 나가는데
한 시간에 만 오천 원 받는다는 연극배우 수진이,
대학로에서 전세 3천만 원짜리 방이 어떻게 생겼는지
자기가 살고 있는 방에 대해 설명하는 옥형이,
가난한 배우들이 살아가는 얘기들이 더 슬프다
그러면서도 '화순'의 배우들 50여명 모두 노 개런티라는
하지만 '의미'로 뭉쳤다는
밥값을 댈 수 없어 제대로 모여서 연습도 못했다는
그래도 9월 공연 끝나고 뜻하지 않게 10만 원이나 받
았다는
'화순' 뒷얘기를 듣고 있는 게 더 슬프다
연극배우 수진이는 지하철 시간 때문에 먼저 가고,
가수 수진이와 연극배우 옥형이만 대학로에 남았는데
두 여자를 대학로에 버려두고 나 혼자 빠져나오는
젖은 은행잎 깔린 추적추적 비 내리는 밤
대학로는 더 슬프다

다시, 시동을 걸어

– 민중가수 조성일에게

왜 그날 밤 일이 자꾸 떠오르는지 모르겠어
바람 많이 부는 날
문학인 제주대회 마치고
2차까지 마친 일행과 헤어지고
새벽까지 너와 단 둘만 남아
편의점에 들어가 3차로 캔 맥주를 마시던 밤
살다보니 이런 날이 다 온다며 감격해 하던 밤
그러나 네가 나를 몹시 슬프게 했던 밤
서귀포에서 타고 온 네 차가 경차였나?
사이드 미러가 안 맞는다며
차에서 내려 거울을 맞추던 밤
아직도 차에서 내려
백미러를 손으로 조정하는 차가 있냐고
내가 물어 봤던가?
자동은 옵션인데 돈 들어서 뺐다고
네가 대답했던가?
그래 성일아!

백미러 손으로 조정하고 나서
시동을 걸어!
손으로 조정한 백미러로
뒤따라오는 사람들 잘 살펴 봐
넘어지는 사람 없는지
아픈 사람은 없는지
이 세상을 민중음악가로 살아가는 네 삶이
제주에 내려왔다고 나아질 리 없겠지
유치원 통학버스를 운전하고
감귤 농장에서 감귤을 따고
시민단체 일을 하느라 힘들겠지만
그렇더라도 삶이 지겹다고 말하지는 마
네 삶의 시동이 꺼지면
그냥 다시 시동을 걸어
백미러 손으로 조정하고 나서
다시 시동을 걸어

난 인천에 앉아 만날 걱정만 한다

'안동소주'의 시인 상학이가 그의 시집을 보내왔다
너무 멀리 사니,
평생 둘이 마주앉아 술 마셔본 일이 손꼽을 정도인데도,
선배로서 내가 해주는 게 아무 것도 없는데도,
이리 지극정성으로 챙겨주는 후배들이 있다
상학이는 권정생재단 사무국장으로 일하고 있는데
거기는 월급을 좀 주나?
발문은 해자가 쓰고,
시집 발행인은 남일이형이다
해자는 건강이 좀 좋아졌나?
남일이형은 건강도 안 좋은 사람이
출판사 사장일은 또 어찌할꼬?
난 인천에 앉아 만날 걱정만 한다

그해 여름, 그날

1.

그해 여름 그날
남주 형님이 몹시 당황해 했던 날
남주 형님의 그 눈빛을 잊을 수가 없던 날
남주 형님이 감옥에서 나와
이곳저곳으로 강연을 다니던 날
인천국어교사모임에서 남주 형님을 초청해
강연을 듣기로 했던 날
교감과 장학사들이 새카맣게 몰려와
부평4동 성당을 에워쌌던 날
강연 들으러 온 국어교사들은
아무도 성당 안으로 들어오지 못하고
해직교사였던 나만
안으로 들어갔던 날
강사였던 남주 형님은

강의실 교탁 앞에 홀로 서서
당황한 눈빛으로
밖을 쳐다보고 있었던 날
나는 의자에 앉아
남주 형님 얼굴만
쳐다보고 있었던 날

2.

그해 여름 그날
시울에서 무슨 대규모 집회가 있던 날
난 집회 참가할 생각도 없었던 날
백운역 앞에서 불심검문에 걸려
가방 뒤짐을 당했던 날
가방 안의 온갖 자료들을
탈탈 털렸던 날

인천국어교사모임 주최
남주 형님 초청 강연회 안내장도 나왔던 날
통일학교 자료집도 나왔던 날
참으로 비참했던 날

제주에는 종형 형이 살고 있지

제주에는 종형 형이 살고 있지
직업이 제주작가회의 사무국장이 아닐까 싶을 정도로
평생 작가회의에 헌신했던 종형 형이 살고 있지
사무국장으로서 형보다 훨씬 나이가 어린 회장들을 모
시고
오랜 세월 제주작가회의의 궂은일을 도맡아왔던
종형 형이 살고 있지
속상한 일이 많았을 것이고
자존심 상하는 일도 많았을 것이고
시집을 내고 싶은 인간적인 욕심도 많았을 텐데
형에게는 늘 조직 일이 우선이었고
개인 일은 언제나 뒤로 미뤘지
형이 왜 매우 늦은 나이인 50이 넘어
시를 쓰기 시작했는지
환갑이 넘어 나온 그의 첫 시집을 읽고 알았지
형은 당연히 시인이 되어야 할 사람

일단 시를 잘 쓰니 그렇고

그의 개인사를 봐도 그렇지

"육군 대위였다는 육지 것 내 아버지"를 둔

죄 아닌 죄,

그것도 육지에 처자식이 있었던 아버지,

어쩌면 4·3의 가해자였을지 모를 아버지,

젊디젊은 24세 나이의 어머니,

둘 사이에서 태어난 종형 형의 삶

그의 삶은 태생적으로

현대사의 비극을 품고 태어난

묻지 않아도 신산 그 자체였을 것.

우리 한국 문단은 시인 한 명을 너무 늦게 얻었지만

또 한 명의 '4·3 시인',

또 한 명의 '베트남 시인',

무엇보다도 또 한명의 탁월한 '서정시인'을 얻었지.

참 사람 일이란 알다가도 모를 일

형은 환갑 넘어 낸 생애 첫 시집으로
5월 문학상 대상을 받았지
이 모든 게 형이 평생 화두로 틀어 쥔 4 · 3
그 4 · 3 70주기에 벌어진 일이지, 참 신기하지

안학수

(느닷없이 심장마비로 세상을 떠난 김이구 상가에서)

나: "정록아! 뭐 찾냐? 이 가방이 요즘 유행이냐? 내 가방이랑 똑같네?"

정록: "형! 이 가방은 좋기는 한데 주머니가 너무 많아 뭘 넣어 놓으면 찾을 수가 없어."

나: "맞아! 나도 그래."

학수: "내가 좋아하는 노래가 뭔지 알아? '머리 어깨 무릎 발 무릎 발, 머리 어깨 무릎 발 무릎 발' 하는 동요 있지? 난 이 동요가 좋아. 가사에 허리가 들어가지 않아서. 그래서 내가 좋아해. 나도 등에 가방 한 번 메 봤으면 좋겠다."

테이스터스 초이스 커피

  - 조재훈 선생님께

또다시 스승의 날이 다가온다.

내가 선생이라 제자들에게 부끄러운 날이기도 하지만

나도 내 스승을 기억하는 날이기도 하다.

내게도 스승이 한 분 있다.

대학 때 문학을 가르쳐주신 조재훈선생님이다.

그분과의 인연은 사제관계라는 것 말고도 아주 많다.

같은 대학 같은 과 직속선배님이었고

4년 내내 지도교수님이었고

대학신문사 기자시절 주간교수님이었고,

결혼 주례선생님이었고,

첫 번째 시집『서산 가는 길』의 발문을 써주신 분이고,

서러운 70년대 때문에

몇 번이나 술 취해 강의실에 들어갔을 때

모른 척 해주신 분이고

이런저런 80년대 초반의 사건과 사고로

졸업이 어려웠던 나를 졸업시켜 주신 분이고

해직 됐을 때 소리 내서 우신 분이다

나는 선생님의 영향을 많이 받았는데,

선생님 따라서 시인이 된 것도 그렇지만,

한 동네에서 생전 이사를 안 하는 것,

책을 전투적으로 사는 것,

심약하나 끝가지 가는 것,

술 마시고 우는 것,

글씨체 등등

수도 없다

선생님은 시집을 받으면

꼭 답장을 보내시는데,

답장이 평생 똑같다

관제엽서에 파란색 만년필로 쓴 사선으로 누운 글씨

바쁘다는 핑계로 찾아뵙지는 못하고

일 년에 한 번씩 스승의 날 즈음에

겨우 전화나 드리고, 값싼 선물을 보내드리는데

내 선물도 선생님 닮아 매년 똑같다
바로 테이스터스 초이스 커피다
학창시절 공주 산성동 꼭대기,
아직도 살고 계시는 산성동 꼭대기
선생님 댁에 뻔질나게 찾아갔는데
갈 때마다 싫은 내색 안하시고
사모님이 늘 머그잔에 타주시던 테이스터스 초이스 커피
그 맛을 난 아직도 잊지 못하고 있다
앞으로 몇 번이나 선생님께 커피를 더 보내게 될까?
선생님이 오래 사셨으면 좋겠다
커피를 못 보내게 되는 날,
선생님이 나 해직됐을 때 크게 통곡하셨던 것처럼
아마 나도 많이 울 것이다

교진이 형

말도 못하고,
책도 띄엄띄엄밖에 못 읽어서
부끄럽기는 하지만
방송대 중문과 졸업장을 받으면서
교진이 형 생각났지
89년 여름에도 방송대 중문과를 다녔는데
유성농고에서 기말고사 보다가 중간에
그냥 나왔었지
그날은 강경경찰서 유치장에 있던 교진이 형이
선고재판 받는 날,
도저히 시험을 보고 있을 수가 없었지
전교조 충남지부 조합원,
강경여중 제자,
대전과 충남의 민주화운동 동지들
참 많이 모여
재판정에 들어갈 수도 없을 정도였지

죽어가는 아이들을 위해
교사들이 어찌해야 하는지 묻는,
아이들을 바르게 교육하는 일이 죄라면
죄인이고자 한다는 교진이 형의 최후진술,
형이 진술을 마치자 방청객 모두
자리에서 벌떡 일어나
재판정이 떠나가라 박수를 쳤던 일
판사의 당황한 눈빛
이어진 이석태 변호사의 변론
신념을 가진 사람들의 말은
참 아름답구나 생각했었지
재판이 끝나고도
아무도 돌아가지 않고
도로에서 항의집회를 했던 일,
그때는 또 누가 무슨 아름다운 말을 했던가
형의 '네 번의 감옥과 세 번의 해직',

형은 위인으로 살려고 그런 게 아니라
시대를 외면하지 않고 열심히 살다 보니
그렇게 된 것일 뿐,
사실 우리 모두는
많이 나약하고 어리석으며
때로는 형편없는 인간이기도 하지
그냥 최선을 다해 살아갈 뿐인 거지

| 해설 |

다시 포정해우庖丁解牛의 기세로 문질빈빈文質彬彬하기

김홍정(소설가)

1.

　대학 시절 자신이 반주하는 기타에 맞춰 노래를 부르는 신현수를 보며 연민에 빠지곤 했다. 그는 '상록수'나 '타박네', '늙은 군인의 노래' 등을 부르기도 했지만 대부분 자신이 작곡한 노래를 불렀다. 그나마 자작곡을 부르기에 들어줄 만했지 실상 그의 노래솜씨는 그리 탁월하진 않았다. 그래도 어느 자리에서나 박수를 받고 서슴지 않고 노래를 불렀다. 노래라도 부르지 않으면 참을 수 없는 현실 때문이었으리라. 얼마 전 어느 전시회 축하 자리였다. 이야기와 함께 노래를 부르는데 돼먹지 못한 어느 작가가 약간 조롱 섞인 야유를 한 적이 있었으나, 그가 초청받은 인물인 것을 알았는지 신현수는 의젓하게 자신의 공연을 끝냈다. 조금 더 어린 시절이었다면 그 작가에게 주먹질이라도 해야 직성이 풀렸을 것이다. 그 후로도 그는 노래 부르기를 좋아했다.

신현수는 중얼중얼 말을 이어간다. 좀처럼 끝이 나지 않는다. 굿판에서 듣는 주술처럼 들리기도 한다. 듣는 이들의 참을성이 필요한 것처럼 보이지만 실상은 그렇지 않다. 그의 말에는 그 근원을 알 수 없는 공감이 있기 때문이다. 그가 쓴 대부분의 시들도 차분하게 주섬주섬 할 말을 다 한다. 간과해서는 안 되는 것들을 혹시라도 빠트리지는 않았는지 되돌아보는 마음을 느낄 수 있다. 그렇게 되돌아보는 일상에서 그의 마음이 사무사思無邪에 이르렀겠다. 우리들이 존경하는 스승 조재훈 시인은 시의 행간을 비우고 여운을 담으라고 하시지만, 신현수는 시에서만은 스승의 말을 따르지 않을 모양이다. 그는 할 말을 다 하고서 자리를 일어서는 것처럼 시어의 반복도 아끼지 않는다. 크지 않은 목소리로 차근차근 챙기는 화법에 녹아드는 묘미가 있다. 제7시집 『천국의 하루』도 그러하다.

그는 현실에서 벌어지는 아픔이 자신의 나태로 비롯되었다고 알고 자기반성으로 이야기를 풀어간다. 물성을 의인화하고 그 물성들과 함께 현실로 뛰어들지 못한 자신의 이탈을 비겁으로 여긴다. 그러니 듣는 이들의 마음이 애처롭다. 그런 청자들의 연민을 성내지 않고 또한 자신의 탓으로 돌리는 신현수는 영락없는 군자다. 내가 신현수에게 놀라는 이유도 바로 이것이다. 그는 내가 공부해 온 군자의 모습에서 어긋남이 없다. 예의恭·敬를 갖추고, 감정仁·惠을 펼치고, 이지志·學를 탐구하고, 인간됨義·勇에 뜻을 세운다. 그의 일상도 이 모습에서 벗어나지 않는다. 적어도 내가 알고 지낸 40여년을 그렇게 살았다. 대학신문사에서, 전교조 투쟁에서, 해직교사에서, 시민운동에서, 교단으로 돌아온 후 교사와 시인으로 그렇게 살아온 것을 알고 있다. 제6시집 『인천에서 살기 위하여』에 실린 8편의 '희미한 옛 세월의 그림자'와 127행짜리 표제시에도 '알아야 사랑하는 거지,/ 계속, 인천에 살기 위하여'라고 자신의 미력함을 앞세우고 다짐을 말한다. 이런 관점은 『천국의 하루』에서도 일관한다. 신현수는 4대강 사업과 전교조를 비합법적 조직으로 몰아간 정부의 조치에 대하여, 미군 장갑차로 인한 효순, 미선의 사망 사건과 쌍용자동차 문제에 적극 개입하지 못한 활동가로서 자신의 역할이 부족했음을 자책하고, 세월호 희생자들이 있는 팽목항에서 그 희생자들의 이름을 목이 터져라 부르고 그들의 고통에 동참한다. 있어야 할 자리에서 이탈하여 타자의 일로 바라본 현실에 다시 몸을 담그는 신현수는 제대로 된 삶의 자리로 되돌아가는 것이야말로 참된 시의 세계라는 공자의 가르침을 전언한다.

공자가 제자 자로, 증점, 염유, 공서화와 더불어 담론했다. 스승은 제자들에게 가슴 속에 담은 이상이 무엇이냐고 물었다. 비파를 타고 있던 증점은 "봄옷을 만들어 입고 어른 대여섯, 아이 예닐곱과 함께 기수에서 목욕하고, 무우*에서 봄바람을 맞고 시를 읊다가 돌아올 것입니다."(春服既成 冠者五六人 童子七八人 浴乎沂 風乎舞雩 詠而歸 〈論語, 先進〉)라고 대답했다. 공자는 현실로 돌아온다는 증점의 말을 듣고 크게 기뻐했다. 그렇다. 신현수가 선 자리는 돌아가서 더불어 머문 자리였다. 그가 '부안 근처의 바다와 숲길을 하염없이 걷고', '걷다가 웃고, / 그러다가 끝내 울고', '지금은 그만둘 시간이 아니라/ 끝까지 함께 하겠다고/ 다짐할 시간'이라고 고백한다. 끝내 되돌아와서 현실에 참여하고, 시공을 뛰어 넘고 애오라지 타자에서 이미 자아와 동일시된 '너를 지킬 수 있을까'라고 자기 확인을 하게 된다. 날마다 돌아본다는 증자의 가르침을 따른다.

이렇게 사는 신현수가 부럽다. 그의 바쁜 일상이 부럽고, 그의 생각이 부럽고 그의 서정이 부럽다. 위나라 혜왕 앞에서 포정이 소를 잡았다. 포정이 소를 잡는데 순식간에 골육을 가르고 해체하는 솜씨에 놀라 혜황은 감탄사를 연발했다. 포정이 말했다.

"소의 몸에 자연스레 나 있는 틈을 따라 칼질을 하여 근

---

* 무우舞雩 : 기우제를 지내고 비가 내리게 함. 넓은 들판.

육이나 살이 얽힌 부분을 흐트러짐 없이 발라냅니다.……
근육과 뼈가 얽힌 곳은 마음을 다잡고 긴장하여 동작은 자
연스레 느려지고, 칼이 움직이는지 안 움직이는지 모를 지
경에 이르다가 이윽고 '툭' 하는 소리와 함께 살점이 흙덩어
리처럼 뼈에서 떨어집니다. 그러면 긴장을 풀고 칼을 든 채
일어서서 저도 모르게 주위를 둘러봅니다."

포정해우庖丁解牛 이야기다. 신현수는 거리낌이 없으나
신중하고 사려 깊다. 얽혀 있는 현실의 벽을 파고들어가
낱낱으로 펼쳐낸다. 그의 실존은 풀어낸 현실 속에 의연하
다. 노근리에 와서 나라가 무엇인지 밝히라고 말하고, 분
단 조국은 부끄러워 고개조차 들 수 없는 미개한 나라라
고 일갈한다.

2.

신현수는 어느 곳이든 노래를 한다. 천연의 악사다. 노랫
말을 짓고, 곡을 붙이고, 읊조리다가 칼날같이 울대를 키워
절규한다. 음정의 정확함이나 미성인지 아닌지 따지는 것
은 구차하다. 신현수에게 음악은 마음 수련이고, 시 쓰기이
고, 경건한 의식이다. 기타를 연주하고 가사를 읊조리면서
마음을 맑게 다스리고, 눈과 귀가 밝아지고, 혈기가 온화하

고 조화롭게 된다. 시어로 일관한 언어들로 풍속을 이끌고 교화하게 되니 그의 음악은 의식과 심미가 결속된 제사 의식과 다를 바 없다. 그의 음악에 등장하는 물상들은 그 스스로 의인화되어 인간의 덕성을 말한다. 이물비덕以物比德이다. 흔히 나를 물상에 빗대어 보기以我觀物도 하고, 물상을 다른 물상에게 빗대어 보기以物觀物도 한다. 이는 도의 경지로 나가는 궁구의 과정이다. 신현수는 그의 시, 노래는 겉文과 속質이 조화롭고 평안하다. 이른바 문질빈빈文質彬彬의 모습을 드러낸다. 그의 시를 표현 기교나 짤조름한 재치, 기승전결을 갖춘 완성도로 평가할 일이 아니다. 신현수는 이미 물상이 인성에 겹친 그림자, 새겨진 흔적을 온전히 기억하고 있기 때문이다.

(전략)
가방을 메고 현관으로 나온다.
허리를 숙여 신발을 신다가 문득
이제 그만 가고 싶다는 생각이 든다.
지금 내 나이보다도 더 일찍 돌아가신
내 아버지도
오늘 나처럼 신발 신기 싫었을까?
(중략)
내가 안 가면 우리 가족은 어떻게 되는가

나와 내 가족의 안온함은
이아침 나의 비장함에서 비롯되는 것인가
이아침 나는 누구인가
나, 아버지

　　　　　　　　　　　－「나, 아버지」 일부

　아버지의 삶은 신현수에겐 삶의 본보기였다. 단순히 그
리움으로 국한하기엔 너무도 깊은 되새김질을 한다. 아버
지를 생각하는 마음이 경건하고 비장하여 의식을 앞둔 모
습이다. 8대 종손인 자신을 살리기 위해 나섰던 모친의 진
중함에 견주어 자신의 어수선한 모습을 매질한다. 이런 삶
의 태도는 아내와 장인과 옛 친구들, 세월호 서명 받는 안
순호, 민중가수 이수진, 등이 솟은 안학수, 스승이신 조재훈
시인에 대하는 모습에도 고스란히 드러난다. 그들을 대하
는 마음이 정겹다. 인혜仁惠이기 때문이다. 그의 인혜는 의
로움과 용기로 치닫게 된다. 자신의 부끄러움을 떨치고 제
대로 인간다움으로 나가려하기 때문이다.

　(전략)
　네가 여전히 정신을 못 차리므로
　이번에는 네 가족의 몸을 아프게 하는
　가슴 아픈 방법으로 네게 깨달음을 주려고 한다.

만일 이번 기회도 놓친다면
너는 앞으로 남은 평생을
기생충 또는 거머리로 살게 될 것이다.

―「너에게 말한다」 일부

너는 특정한 너일 수도, 네가 아닐 수도 있다. 기생충 또는 거머리로 살게 될 것이란 질책을 받는 자아는 너보다는 '나'이기 때문이다. 화이부동한 삶을 용납할 수 없는 깐깐한 시인은 사뭇 진지하다. '안간 힘을 다해 대롱대롱' 매달려 있는 벚나무의 생애가 볼만하고, 그러니 '조금만 더 참고 기다려야 하는, 봄./ 그 누구도 돌이킬 수 없는, 봄'을 기다리고, 매일매일 '내 사랑은 이 세상을/ 얼마나 따뜻하게 만들었나' 돌아본다.

3.

신현수는 라오스 방갈로초등학교를 돕는 모임을 이끌고 있다. 부평 기찻길 인근의 어렵게 살던 이웃과 동네 학교들을 지울 수 없을 터, 교직으로 나선 이후 학교를 생각하는 마음이 다를 것이 없었을 것이다. 십시일반 할 사람들을 모으고, 라오스로 달려가 학교를 짓고 교실 바닥을 만들고, 책

걸상을 갖춰 아이들을 모은다. 희망래일 모임도 성격이 조금 다르지만 하는 일은 크게 벗어나지 않는다. 시베리아로 나가고자 한다. 침목 하나씩을 모으자고 절규하는 혼신의 노력에 사람들이 달려든다. 그 침목들은 분단된 남북 철로를 잇고 유라시아 대륙을 잇는 초석이 될 것이다. 이 글을 쓰는 오늘 아침, 남북 철길을 돌아보는 기차가 북으로 달리기 시작했다. 18일간 2600km. 철도 공동조사란 이름이지만 이는 희망래일을 꿈꾼 세상을 향해 나간 것이리라. 열악한 북쪽의 철도 사정을 미리 예측하고 법인을 설립한 뜻에 가수 이지상과 이미희 선생들과 신현수도 선뜻 함께한다. 우루무치는 천산산맥 너머 비옥한 오아시스 지역에 자리 잡은 신장 지역의 행정수도다. 우루무치, 이르쿠츠크, 하바롭스크 희망래일 회원들과 함께한 바이칼 여행에서 만난 사람들이나 방갈로의 사람들, 동유럽의 사람들 모두에게 신현수는 사랑을 고백한다. '사랑의 끝을 묻지 말고', '참고 견디면 이겨나가리라/ 우리의 사랑도 그러하리라'라고 자기 다짐한다. 그러다가 '그대에게 가는 길은/ 모든 게 낯설어/ 그대 앞에 당도하였을 때/ 내 사랑 그대마저도/ 낯설게 되었네.'라고 자기 부정한다. 자아부정은 새로운 자기 궁구를 거쳐 제자리로 돌아오게 한다. '시를 쓰는 건 사실은 더 잘 사랑하기 위해 쓰는 것/ 책을 읽는 건 사실은 더 잘 사랑하기 위해 읽는 것/ 산에 오르는 건 사실은 더 잘 사랑하기 위해 가는 것'이라 읊조리며 사랑이어야 하는 당위를 노래한다. 나는 신현수의 열정을 잘 모른다. 그와 사귀었던 사람들을 모른다. 일 년에 한번 전교조 창립기념일에 스치듯 지나며 만난 이후 너무 오랫동안 떨어져 있었기 때문이다. 하지만 그의 열정이 사뭇 그립다.

당신을 기다리다
나의 절정은
다 지나갔다.
난 이제
오지 않는 당신을 기다리며
시나브로 시들어 갈 것이다.

— 「선포산의 사랑」 전문

사랑은 사소한 일이다. 시경에는 살랑거리는 바람에 실려 그네를 타는 여인들의 모습만으로도 족히 사랑에 빠진 이야기가 넘쳐난다. 그런데도 이 사랑에 사람들은 목숨을 건다. 시인들의 평생 시 짓기에도 사랑이 넘쳐난다. 신현수의 사랑 이야기는 폭넓은 서사를 안고 있다. 굳이 '오지 않는 당신'이 감추어둔 타자라고 말할 필요는 없다. 읽는 독자의 마음대로 의미를 두면 될 일이다. 그러나 시가 의식과 심미가 결합된 예술이고 제의적 속성을 지닌다면 그 '당신'은 신현수가 시를 읊고 돌아갈 곳의 자아일 것이고, 그가 꿈꾸던 향기로운 세상일 것이다. 그러니 '기다리고/ 기도하고/ 나누고/ 사랑할' 당신이다.

4.

스승 조재훈 시인의 문학선집을 헌정하는 자리에서 신현수는 제자들을 대표하여 스승에게 큰 절을 올리고 4권으로 구성된 선집을 올렸다. 조재훈 시인의 시 세계는 후학들의 자부심이자 텃밭이다. 시인이 된 후학들이 많은 까닭은 사제동행하는 품격을 갖추었기 때문이다. 흐트러짐이 없는 단단한 삶을 꿈꾸던 스승은 오지랖 넓은 후학들을 키워 세상에 흩뿌렸다. 그중 신현수가 우뚝하다. 신현수의 제7시집 『천국의 하루』를 그런 눈으로 볼 때 새삼 가슴이 뛰는 것은 어쩔 수 없다.